봄 꿈

산지니시인선 004

봄 꿈

조향미 시집

산지니

시인의 말 하나

아직 질문이 그치지 않았으니
이 생생한 꿈길을 따라가 볼 뿐이다

차례

제1부

너에게
—차마고도茶馬古道

방랑의
여로가 아니다
여분의 욕망도
낭만도 아니다
가지 않고
오지 않으면
살 수가 없어
백척간두
길을 내었다
실핏줄처럼
가느다란
목숨처럼
간절한 길
꺼질 듯
날아갈 듯
아스라이

이 가을

마음이 쭈글쭈글해졌으면
나른하게 납작하게 시들어갔으면
꽃잎은 이우는데 낙엽도 지는데
시들지 않은 마음은 하염없이
뻗쳐오르고 시퍼레지고 벌게지며
이렇게 푸드덕거리며 기세등등할까
그만 고운 먼지에 싸여
하야니 핏기를 잃고
쭈글쭈글 주름이 잡혀서
더 이상 출렁대지 않고 들끓지 않고
조그맣고 동그랗게 여위어져서
소리도 없이 툭 떨어졌으면

생각 1
—폭설

쓸어내고 쓸어내도
생각이 폭설로 쏟아진다
차고 쓸쓸한 생각들이
외떨어진 마음 안에 쌓여
사방 길도 안 보이고
마침내 꽝꽝한 얼음이 되어
바늘 하나 꽂힐 틈도 없이
꽉 끼어 터질 듯하다
폭설 퍼붓는 생각의 산중에 갇혀
천방지방 좌충우돌 버둥대다가
기진맥진 나가떨어졌다
망연히
고개 들어 둘러보니
빈 가지로 견결한 나무들
겨울산은 환하니 고요하다
어디에도 눈 내린 흔적 없다

생각 2
—배꼽

인적 없는 마당에 생각이 서성이다
동구 밖 길 하염없이 내다보다
시누대 몇 그루 툭툭 흔들고 지나간다

바람보다 질정 없는 생각은
민망스레 뻔뻔하다가 턱없이 공손하다
지겹도록 질기더니 놀랍도록 냉담하다
생각의 배꼽은 어디일까
환한 대낮도 순식간에 캄캄해지고
고요한 뜰에 별안간 회오리 인다

돌돌돌 생각의 달팽이
도르르 말려들어가 나올 줄을 모르는데
겨울 볕살의 보시普施는 두터워
마루와 등은 무념무상 따끈하다

바다 앞에서

넘치도록 그득한 물
이 거대한 물결 앞에서
반짝이는 어느 물방울에 대한
서러운 기억인지
오지 않을 꿈인지

바다 앞에서 눈물 쏟는 자여
바닷물에 눈물줄기 보태는가
소리 내어 통곡하는 자여
파도소리에 울음소리 더하는가

지금 여기엔 다만
크고 부드러운 물결
무량한 바다가 있다

오래된 집을 떠나다

낙엽 소복이 깔린 길을
드문드문 행인들이 오간다
시절이 익을 대로 익어서
이 가을은
오래 묵힌 술독을 비울 때다
안으로 안으로 발효한
향기는 맑고 서럽다
마지막 제상 차리는 제주처럼
나는 정성스레 술을 걸러
집에게 잔을 올린다
집은 이제 허물로 남을 것이다
긴 세월 깃들어왔던 집은
고치처럼 환하였고 알처럼 따뜻하였다
한때 저 집은 말랑말랑한 살과 피
나뉘지 않은 한 몸이었으나
언제부턴가 껍질로 굳어 갔다
쉬이 소멸하지 않는 집의 습(習)
몸을 잃은 빈 껍질이

안간힘으로 허공을 부여잡는다
그러나 언제고 나비도 새도
오래된 집을 부수고 날아오른다
낯설고 아득하나
천지사방 길 아닌 곳은 없고
머잖아 그 오랜 집은
아련한 봄꿈으로 흩어질 것이다

기도

세상에 가득한 슬픔
그 한 조각을 내 것으로 받아들고
슬퍼하며 한 시절을 지나왔더니
세상에 넘치는 두려움과 아픔
또 한 조각 내 것으로 받아들었다
아흔아홉 마리 소를
구제역으로 생매장한 농부가
빈 축사 앞에서 흘리는 눈물을 보았다
몇 마리는 이 개월도 안 된 애기였어요
어미가 새끼를 안 내놓으려고 온몸으로 버텼어요

수술실에서 의식을 잃고 누웠을 때
팔순의 아버지는 여섯 시간을 꼼짝 않고
문밖에서 기도하고 계셨단다
그동안 신을 인정하지 않던 아버지는
신이 없다고 말할 수는 없다고
아버지가 느끼는 가장 가까운 신
돌아가신 할머니께 비셨단다

가장 사랑하는 손녀딸을 살려달라고
바깥출입이 불편한 어머니는
집에서 안절부절
또 어느 신에게 빌고 또 비셨겠지

고통은 신에게로 열리는 문이다
외딴 방문 꼭꼭 닫고 있던 영혼들은
깜깜 어둠 눈 감은 채로도
어미 품을 파고드는 새끼의 본능으로
하나의 뿌리 삼라만상의 젖줄을 찾는다
더듬더듬 손발 뻗어
시원始原의 빛을 향해 녹슨 문을 흔든다

밥 한 그릇
―항암치료

밥 한 그릇이 태산 같다
죽 한 사발이 바다 같다
나는 한 마리 개미가 되어
빌빌거리며 산을 올랐다
허우적거리며 바다를 건넜다

봄풀 곁에 쪼그리고 앉다

노란 병아리 같은 봄볕이
어미닭 품처럼 따스하여
이렇게 봄날은 보소소한
솜털로 다시 태어나고
쫑긋쫑긋 초록 부리 내민
새싹들 옹알이도 들으며
엊그제 해산한 대지
달큼한 젖내도 맡으며
개나리꽃인 양 사뿐사뿐
병아리 발자국을 따라
뒤뚱거리던 마음
아지랑이로 아른거리다
다시 봄 마당에 돌아와
봄풀 곁에 가만히 쪼그리고 앉다

쉼 없이

매애앰 우렁찬 관악기
한여름 매미악단 떠나자마자
풀벌레 찌르찌르 쓰르쓰르
선율 고운 현악 합주회
하느님의 악단은 무궁도 하네
극장은 이십사시 연중무휴
각양각색 바뀌는 모양과 소리
연주자들 빈틈이 없네
지휘자는 안 보이네
모양도 소리도 없네
그래도 언제나 어디서나
없는 곳 없네
미동도 않지만 쉴 틈이 없네

뜻 없이

바다는 잠시도 가만있지 않는다
거대한 폭풍과 해일이 밀려와
인가를 통째로 쓸어가 버리기도 했다
그리곤 천연덕스레 고요하였다
눈부시게 찬란도 하였다
대체 왜 이러는 거냐고
멱살을 흔들고 싶은 때도 있었다
그러나 바다는 아무 뜻이 없다
선하지도 악하지도 않다
새가 날아가고 나뭇잎이 흔들리듯
바다는 다만 출렁일 뿐이다
바람을 타고 햇빛에 휘감기며
넘실넘실 포효하고 일렁일렁 느긋하다
풀쩍풀쩍 물고기도 튀어 오른다
우리도 이렇게 출렁인다
기쁨도 슬픔도 파도처럼 밀려와서
환호도 통곡도 썰물처럼 멀어진다
저절로 스스로 천지는 노닌다

정정(訂正)

인간사 풍파를 많이 겪은 나는
봄의 새싹이 안간힘으로 돋는다고
시를 쓴 적이 있었다
그런데 또 한 굽이 지나고 보니
그게 아니다
새싹이 저 혼자 힘으로
땅을 뚫고 올라오는 게 아니다
햇빛이 다정스레 손 잡아주고
봄 흙이 부드럽게 등 밀어주고
바람이 기분 좋게 간질여주므로
천지의 벗들이 응원하며 기다리므로
새싹이 뾰족뾰족 돋아난다
절로 안간힘 쓰이는 날 없지 않지만
새싹은 부드럽게 솟아오른다
눈보라 매섭고 비바람 무서운 날엔
밟히고 쓰러지며 엎드려 기다리다
때가 되면 우뚝 일어선다
수용하고 순명하는 것

언젠가 가닿을 큰 영혼의 길
지금 활활한 삼라만상의 숨결이다

늙은 철길

이제 더 달리지 않는다
어디론가 끝없이 달려온 생은
사실 맹목이었다
해운대에서 송정까지 동해남부선
폐쇄된 철로는 조용히 쉬고 있다
기차가 안 오는 절경의 기찻길
사람들은 느릿느릿 걷다가
주저앉아 찐 고구마에 막걸리도 마신다
철도변에 갯냄새 풋풋한 물미역이 마르고
앞바다 해녀들은 자맥질에 여념 없다
아무 데로도 떠나지 않는 바다는
가장 활발하고 충만하구나
우리는 결국 머물기 위해 달려왔고
쉬기 위해 바빴다네
일 마친 늙은 철길이 이제야 알려준다
오래 먼 길 달렸으나
사실 떠난 곳이 없었다고
모든 길의 종착지는 다만 여기

스스로일 뿐이라고

날아갈 듯

영도 영선동 곡각지 돌아들면
푸른 바다 마주하고
오래된 집들 다닥다닥 붙어 있다
도로변엔 낚시가게 철물점 진돗개 파는 집
선반에 라면 몇 개 얹어놓은 구멍가게
바다 쪽으론 오밀조밀 살림집들
태풍 불 때 이 동네 어찌할까
지붕 훌렁 날아가지 않을까
어깨 넓이 좁은 골목길 들어서니
바다색 페인트 떡칠한 슬레이트 지붕엔
크고 작은 돌멩이들을 촘촘히 눌러놓았다
태풍이야 맨날 오는 것은 아니지
한 번씩 미친 비바람 몰아칠 땐
지붕에 돌멩이 몇 개를 더 얹는 거지
그러다 천연스레 맑은 날
태평양 바다 앞에 빨랫줄 치고
눅눅한 이불도 고린 양말짝도
젖은 가슴도 쨍쨍하니 말리는 것이다

바윗돌 짊어진 듯 숨찬 생애도
날아갈 듯 찬란해지는 날도 오는 것이다

도시락을 먹으며

현미밥에 멸치볶음 호박나물과
야채샐러드 고구마조림까지
자비로운 오찬이다
고소하고 달콤하고 쌉쌀한 맛
혀는 모르는 맛이 없고
집었다 놓았다 가렸다 돌렸다
손가락은 젓가락질도 잘 한다
밥 먹으며 글도 읽는다
'나도 없고 내가 하는 일도 없다'
모든 일은 불가사의 거대한 신비
내가 어찌 스스로 숨을 쉬겠는가
혀와 눈이 홀로 맛보고 읽겠는가
이 출렁임과 경탄과 밥알과 사과와
창과 하늘과 운동장 아이들의 함성
세계는 완벽하고 신비는 충만하다
저 멀리 누군가의 분노와 탄식도
한 치 차별 없는 법法이요
무심히 외면하고 귀 막지 않음

또한 하느님의 일이거니

무제한

스마트폰을 바꿨다
크고 시원한 화면
언제 어디서나 빵빵한 인터넷
카페며 페북이며 들락날락 맘껏 논다
수불석권, 손에서 책을 놓지 않다
어딜 가든 책 한 권 지니지 않으면 불안했다
이제는 책 대신 폰이다
폰 속에 글과 노래와 영상까지 넘쳐나니
만남도 소통도 만사폰통
전철에서도 화장실에서도 수불석폰이다

처음 두 달 무제한 요금제 그렇게 길들었다
잠시도 한가로이 쉬지 않고
톡톡톡 손가락과 눈이 바빴다
마음도 생각도 폰 속에서 노닐며
폰과 나는 물아일체 한 몸이 되어갔다
내가 폰을 쓰는 것이 아니라
마침내 폰이 나를 쓰는 경지에 이르렀다

하, 미망은 이렇게 오는구나

무제한으로 사는 사람들
늘 배부른 자들을 생각해 본다
사방팔방 곳간이 그득한 부자들
결핍의 겸허함
허기의 그리움을 잃은 자들
무와 공을 믿지 않는 자들

요금제를 확 낮추었다
빵빵한 배가 조금씩 꺼지고
꽉 찬 냉장고 헐렁해질 때
예금 잔고와 통신 데이터 반 너머 줄어들 때
무언가 그리운 것이 파고든다
무제한은 신의 영역
생은 제한이어서 이렇듯 애틋한 것이다

공명(共鳴)

저녁운동 마치고 아파트길 올라오는데
둥글게 다듬어진 정원수
새 줄기가 쭉쭉 무성하게 뻗어올랐다
싱싱한 기운이 넘친다
여어, 친구들 그렇지 그렇지
담 넘어가 와락 껴안아주고 싶다

살랑살랑 나풀나풀 벚나무 잎새들은
가을바람이 기뻐 어쩔 줄 모른다
내 팔도 절로 따라서 팔랑팔랑
허리도 휘청휘청 돌아간다
붙잡고 왈츠라도 한곡 당길 포즈다.

귀향

집 우(宇) 집 주(宙)
우주의 욕조에
몸을 잠근다
물은 따뜻하고
넘실넘실 충만하다
길고 긴 세월
바람찬 거리에서
한개 외딴 얼음조각이었던 나는
스르르 물속으로 녹아든다
만물은 다만 출렁이는 물이어서
천지는 틈이 없다

한 몸

머리카락은 손톱과 얼마나 다른가
혓바닥과 피부와 뼈는 어떤가
주름살과 눈동자와 창자는 또
그러나 이 모든 것은 한 몸이다

사과와 뱀과 고양이는 얼마나 다른가
강아지풀과 사람과 흙은 어떤가
빗방울과 불꽃과 바람은 또
이 모든 것도 별의 한 몸이다

이 진실을 외면하는 것은
한 올의 머리카락이
나는 혼자라고
한 몸 같은 것은 없다고
쓸쓸해하는 것과 같다
한 송이 민들레꽃이
나는 스스로 피었다고
흙과 햇빛과 나비와 무관하다고

고집부리는 것과 같다

스마트폰을 만지작거리는 내 손가락은
우주의 나뭇가지다
모락모락 끊이지 않는 이 생각도
신이 피워 올린 연기다

사막 시집

하느님은 시인이어서
말과 뜻 못잖게
침묵과 여백을 소중히 하는 시인이어서
이렇듯 텅 빈 사막을 펼쳐놓으셨네
단호하게 물길 끊어
더 심지 않고 키우지 않고
태초의 햇볕과 바람에만 맡기셨네
지나가는 빗줄기에 돋아나는
작은 풀꽃들과
온유한 초식동물 일족들은
그대로 두어두시고
현란한 말은 그만
끝 모르는 뜻도 그만
유목의 천막 몇 채 지었다 풀었다
사람은 잠시 머물렀다 가라시네
모든 말은 침묵에서 나왔으니
궁극엔 침묵으로 돌아가리라
저 휘황한 말의 문명을 반추하며

뜨거운 모래사막에 앉아보네
하느님의 경이로운 시집
고요한 여백에 앉아보네

아무것도 안 하기

고비사막에 주막 차리기가 소원이라는
소설가 이시백 선생의 몽골기행단 일정에는
아무것도 안 하기가 있다
칠팔월 염천 사막에서
아무것도 안 하기 또는 마음대로 해 보기
햇빛과 바람은 무제한이다
전날 밤 일행들은 조금 걱정했다
민가도 없고 시장도 없고
와이파이도 안 터지는데
뭘 하지 아무것도 안 하는 날
책을 읽을까 휴대폰 영화를 볼까
떼어놓고 온 줄 알았던
인생의 짐도 슬금슬금 따라붙는데

막상 다음 날 일찍부터 눈이 뜨여
떠오르는 태양에 경배 드리기
지구의 원주를 따라 슬렁슬렁 걸어보기
풀 뜯는 염소 떼와 말똥히 눈 맞추기

모래밭에 갓 돋은 풀싹 쓰다듬기
지평선 밖으로 팔을 뻗어보기
게르 천창으로 별빛 헤아리기
가만가만 내 숨소리 듣기
크고 높고 무한한 것
작고 낮고 여린 것
경외하고 경탄하기 고요와 마주하기
정녕 아무것도 안 하기

쉿!

1호차가 또 멈춰섰다

남고비 사막으로 가는 길

연식 오십 년은 족히 넘을 러시아산 지프차

벌써 몇 번째 고장이지만 이번엔 심각하다

긴급출동도 정비소도 따로 없는 초원

운전사들이 모두 모여든다

1호차 기사 보드르는 차 밑으로 들어가고

가이드인 아내 보드르마는 정성스레 차를 닦는다

엔진에서 연기가 풀풀 나는데 먼지만 닦으면 뭐

한담

먼 풍경을 찍던 여행객들은 한숨을 쉰다

여행팀장의 표정이 어둡다

어제도 몇 시간 차 고장에다 길을 잃어

한밤중 겨우 숙소에 닿은 터다

이 차로 여행을 계속할 수 있겠소?

서른다섯 살 보드르마는 쉿, 입을 막는다

괜찮아요 갈 수 있어요

그런데 차에도 귀 있어요

총명하고 상냥한 그 여자는 밝게 웃으며 거듭 말
한다
　진짜예요 귀 있어요 차가 들어요
　누덕누덕 땜질한 고물차는 그들의 가족이었다
　아직 귀 먹지 않았어요
　너무 늙었다고 못 쓰겠다고 말하지 마셔요
　러시아 설산에서 몽골 초원으로 긴긴 세월
　숱한 이야기와 노래와 웃음과 눈물도 태우고 다
녔을
　주름살 굵은 이국의 노인 푸르공을
　젊은 몽골인 부부는 쓰다듬고 부목을 대어 치료
했다
　차는 다시 시동을 걸고 비포장도로를 힘차게 달
린다

　너 정말 안 되겠구나
　나도 이제 손들었다
　쇠도 아닌 사람에게 노인도 아닌 아이에게

독화살로 쏘아 보낸 말들
그 무명無明의 불경不敬
사막에 와서 참담히 무릎 꿇는다
쉿,
외경을 배운다

바람의 집

양의 품속에 안겼다
느리고 순하고 잠자기를 좋아하는 양
호기심 많은 염소들이 앞장서 초지를 찾아내면
얌전히 뒤따라가 제 몫의 풀을 뜯는 양
몽글몽글한 솜털을 가진
양떼구름처럼 모여 있기를 좋아하는 양
그 양 수십 마리의 털로 지은 집
노릿노릿한 양의 체취도 남아 있다
사각사각 베어 먹던 풀 맛도 난다
천창을 훤히 열어놓아
밤에도 하늘을 잊지 않는 집
쏟아지는 별빛 별똥별도 떨어질 듯하여
양 한 마리 양 두 마리
별 하나 나 하나 별 둘 나 둘
바람의 집 게르에서 잠이 안 온다

은행 새 잎

늙은 은행나무에 새 잎 돋는다
나무의 나이는 오백 살
나무를 낳은 지구는 사십육억 살
지구를 낳은 우주는 백사십억 살
우주는 무엇이 낳았는지 알 수 없다
엊그제 태어난 연두 은행잎
꼬리를 흔드는 어린 짐승처럼
방긋 방긋 바람에 뺨을 부빈다
처음인 듯 오랜 듯
낯선 듯 반가운 듯
뿌리는 깊고 멀어
무한 천공이다

제2부

촛불 2

푸른 봄날이었다
문 꼭꼭 닫아 바람 막고
숨결도 조심스러웠던 촛불들이
어둠을 꿰뚫으며 광장으로 나왔다
고양이의 눈빛처럼 두려움 없었다
오랜 벗에게 술을 따르듯
두레박 우물물을 나누어 마시듯
어둠 속에서 첫눈 뜬 촛불들이
서로의 빛을 떼어 주었다
촛불은 나눌수록 창대해져
빛나는 불의 길을 열었다
방울방울 물방울들이 모이고 모여
도도한 강물을 만들었다
역사의 長江이 깊어갔다

풍찬노숙, 햇볕

시민회관 앞 광장에 햇볕이 흥건하다
봄날처럼 화사한 초겨울 오전
수능 마친 고3 아이들
호주머니 손 찌르고 느적느적 나타난다
담임선생 꿀밤 몇 대쯤이야 간지러운 늦잠
햇살의 결을 따라 온몸의 실핏줄이 풀어진다

간밤 교육청 앞에선
스티로폼에 침낭 깔고 낯익은 풍경
꼿꼿한 선생 몇이서 밤을 새웠다
의보다 목숨이 가벼웠던 왕조의 선비들
망국의 칼날 한 발 비켜서지 않았던 투사들
파직이며 귀양이며 투옥이며
풍찬노숙의 역사는 깊고 멀다
주야장천 바람은 멈추는 법 없고
어떤 집에 들어서도 길을 닫을 수는 없다

아침 햇볕은 노곤한 어깨 위에 무량하다

어쩌랴 햇살에 비바람 비벼 먹는 것이 생인 걸
역사는 정녕 바뀌지 않는 것이냐고
꿈은 언제 이루어지냐고 목마르지 말 일이다
이 결 고운 햇살이 바로 꿈인 걸
어둡고 긴 학습노동의 동굴을 빠져나와
눈 시린 저 청춘의 해사한 얼굴들이
바로 꽃인 걸 열매인 걸
지금 여기밖에 다른 역사도 꿈도 없다

남향집

베란다 지나 안방 깊숙이까지
겨울햇살이 밀고 들어온다
삼십 년도 더 된 낡은 아파트
볕바른 남향집이다
이 햇볕을 찾아 수십 년을 떠돌았지
북향집 창가에서 환한 바깥을 내다보며
넘실대는 햇볕을 얼마나 부러워했던지
동향집 아침에 잠깐 들렀다 가버리는
냉정한 손님 같은 햇빛은 얼마나 야속했던지

오늘 찬바람 꽝꽝한 추위에도
아낌없이 내리쬐는 겨울 볕에 취해
남향집 내 방에서 뒹굴 테다
볕살은 몸 안 실핏줄까지 타고 흐르겠지
지난 몇 달 힘껏 일했고 드디어 방학이고
중증 환자 2년차에 감기까지 겹쳤으니
이유야 충분하다

그런데 칼바람 속에서 철탑 위에 올라 있는 사람들
추위보다 매서운 소외와 싸우는 사람들
마침내 목숨의 끈조차 놓아버리는 사람들이
나를 콕콕 찌른다
너만 남향집에서 따스한 햇볕과 놀아도 좋으냐
소크라테스가 스스로 몽매한 자들 깨우는 등에라
했지만
위대한 성인 아니어도 콕콕 찔러대는 존재들이
많다
함께 살자는데, 무력한 나는 빈 방에서
등에 같은 햇살에 찔리기만 한다

독거

두실 전철역 칠 번 출구
할머니들이 좌판을 펼쳐 놓고 앉아 있다
칼바람 쌩쌩한 겨울날
상추 몇 줌에 실파 한단 깨끗이 까 놓고
노란 배추 속잎 몇 장 개어 놓았다
손 녹일 화로 하나 없이 난전에서
번데기처럼 옹그리고 앉은 할머니들은
생계를 잇고 식구의 약값을 구해야 할까
용돈이라도 벌려고 나앉았을까
어쩌면 침침하고 외딴 독거의 방이 두려워
사람의 기운 쐬러 나왔을지 몰라
눈길 한 번 안 주고 지나가는 행인이라도
이렇게 사람들 속에 앉는 일이 훈훈한 게다

그런 좌판 옆에 한 자리 끼이고 싶은 날이 있었다

다섯 걸음

방에서 현관문까지 다섯 걸음
일곱 평 원룸 안에
일급 뇌병변장애자
서른세 살 장애인 인권운동가 김주영
입으로 휴대폰 누르고
리모컨으로 현관문도 열었지만
다섯 걸음 건너가지 못해
불길 연기에 삼켜져 버렸다
달팽이만큼 기어가지도 못한
다섯 걸음의 낭떠러지
삶에서 죽음까지
머나먼 다섯 걸음
질주하는 자본주의의 외딴 방

이모작

삼십 년쯤 뒤에는 백스무 살까지 살고
오십 년이 지나면 백마흔 살쯤 거뜬히 살 거란다
그래서 인생도 이모작을 해야 한다고
오십대 아저씨는 제2 창업을 위해 회사를 관두고
올해 여든 살 할아버지는 동시통역사 준비 중이
란다
하, 이것이 굿 뉴스인가 궂은 뉴스인가

백스무 살이라니, 이제 쉰을 바라보는 나는
아직 생의 반도 못 넘겼다는 건가
산길 물길 고갯길 거의 넘어온 줄 알았는데
아직도 애송이란 말이지
거친 광야 어둑한 길 단내 나게 걸어왔건만
지나온 만큼 먼 길이 지금부터 남았단 말이지
참, 이것이 축복인가 재앙인가

일흔 살 젊은 노인이 되어 나는
다시 사춘기처럼 봄비에 젖을 수 있을까

여든 살에도 밤새워 연서를 쓰게 될까
백스무 살 백마흔 살 넉넉히 사는 그때엔
지구별도 복사하기 붙여넣기가 가능해서
옆 집 가듯 옆 별로 건너가서 살 수 있을까
아니면
마르고 닳도록 늙은 지구 회전할 힘도 없어
낙엽 떨어지지 않아 새순도 돋지 않고
태어나기 두려운 아기들 울음소리 끊어진 마을
마다
호호백발 노인들만 아장아장 걸어 다니게 될까

라오스의 닭

다음 생이라는 게 정말로 있다면
라오스의 닭으로 한번 살아보고 싶다
민가의 마당에도 유원지 나무 그늘에도
어디서나 닭들이 유유자적이다
수탉은 멋진 벼슬 깃털 당당하고
암탉은 병아리들과 매일이 소풍이다
벌레며 풀씨며 먹을 것 지천으로 널렸고
둥지는 밝고 따시다
지척엔 동무들 많고
자식들은 졸졸 잘 따라주니
하늘 아래 근심이 무엇이랴

라오스의 닭이 되면
때 되어 알 낳아주고
인연 다하면 모가지도 내어주리
이렇듯 즐거이 목숨 누리게 해주는
소박한 인민들에게 한 몸뚱이로
은혜 갚을 수 있다면 그도 좋은 일

저 먼 나라 수십억 동족들은
기계에서 태어나 한 뼘 크기 닭장에서
계란 판처럼 차곡차곡 재어져서
소풍은커녕 날갯짓 한 번 힘들다가
한 달 만에 다시 기계 속으로 들어간다지

맨발의 아이들과 맨발의 닭들
목숨의 길이 외엔 차별 없는 나라
라오스의 닭으로 살면
애국심도 불끈 솟겠다

양치기 소년

거짓말쟁이의 상징 양치기 소년
마을 사람들 깜짝 놀라는
거짓말을 왜 되풀이했을까

어느 날 그는 무척 심심했다고
우화는 전한다
외딴 벌판에서 양떼와 구름만 보았던
그는 사람이 너무 그리웠다
마을 친구들과 이야기 나누고
처녀들과 춤도 추고 싶었다
그는 견딜 수 없이 고독했다
지구에 도착한 어린왕자처럼
나는 외로워 외로워
나랑 친구가 되어줘
외쳐도 메아리만 되돌아왔으므로
참다 참다 그는 고함질렀다
늑대가 나타났다!
사람들이 우르르 달려와 주었으므로

화를 내고 혼을 냈어도
오두막이 흥성하니 북적였으므로
소년은 며칠 뒤 또 소리쳤다
늑대다 늑대!

그것은 사악한 거짓말이 아니라
함께 행복해지고 싶다는 절규였다
그 후 소년은 어찌 되었을까
아무도 알아듣지 못한 그의 목소리
어느 산모롱이 절벽에 묻혔을까
어느 하늘 구름이 품어주었을까

원룸

외씨만 한 방에 들었다
숨어 있기 좋은 방
다닥다닥 붙어 있는 씨앗들
서로 못 본 척 해준다
내키면 고개만 까딱 한다
하루치의 생계를 벌어 와
라면 한 묶음 계란 한 줄
가끔은 피자에 맥주 한 캔
문 꼭꼭 닫아걸고
먼 세계로 접속한다
이웃은 소리로만 감각한다
씨앗의 꿈은
언젠가 씨방 밖을 나가는 것
그러나 문은 어디에 있을까
어떤 씨앗들은 자꾸 몸을 숨긴다
컴퓨터와 핸드폰이 혈육보다 살가워
깨어서 켜고 쥐고 잠든다
나도 세계도 소실된 곳

아름답고 신비한 지구별도
그저 원룸 동굴일 뿐이다

세상이 아프니

퍼진 라면이 목에 걸린다
꾸역꾸역 밀어 넣고
쌓인 그릇을 씻는다
수돗물 따라 눈물이 쏟아진다
설거지거리가 많아 다행이다

병든 세상은
내 사람들을 그냥 두지 않았다
세상이 아프니 나도 아프다
세상은 저기 바깥이 아니라고
여기 바로 나라고
창궐한 슬픔이 가르쳐주었다
피할 수도 외면할 수도 없었다

재난

아이들은 등에 공부를 잔뜩 지고
공부의 사막을 걷는 낙타다
누군가 낙타의 눈을 가리고
바늘구멍보다 작은 문으로 이끈다
애초부터 눈이 없는 양 낙타는 고분고분하다
등에 진 공부에 모든 것이 다 들어 있으므로
낙타는 아무것도 궁금하지 않다
막상 공부를 펼쳐 세상을 탐구하지도 않는다
하여간 공부의 사막은 험난하였으므로
많은 낙타는 짐에 짓눌려 허우적댄다
그들은 같은 자리에서 비명을 지르며 맴돌거나
그늘도 없는 땡볕 아래서 꾸벅꾸벅 졸았다
간혹 먼 곳으로 도망쳐 황야의 무법자가 되는
낙타가 늘고 있다는 소식도 들렸다
그러나 공부의 길은 단순도 하였으므로
낙타 떼는 눈을 감고 꾸역꾸역 걸어서
우글우글 바늘구멍 앞으로 몰려든다

시선

경북 상주 화북중학교 봄날 꽃놀이
전교생 열일곱 명 교사 열 명
교정의 커다란 벚나무 품에 안겨 있다
시 쓰는 선배선생이 보낸 사진
한 학교 온 식구가 한 나무 아래
가족사진 찍듯 오롯이 모여 있다
부푼 벚꽃처럼 마음 애틋해져
남고 2학년 10반 서른다섯 명
문학 수업시간에 사진 보여주었다
전교생이 열일곱 명이래, 아름답지?
한 녀석 대뜸 하는 말
쟤들은 내신 어떻게 해요?
!

반짝반짝

아, 선생님, 오늘 크리스마스 트리 같아요
여름방학 가까운 날
1학년 여학생 반 1교시 수업
명현이가 방긋 웃으며 말한다
오, 멋진 비유, 왜?
초록 옷 빨강 머리,
크리스마스 트리도 푸른 나무에 빨강 장식 달았잖아요.
아하!
나는 빨강 염색머리에 초록 원피스를 입고
이 여름에 크리스마스 트리가 되어 본다
소나무처럼 푸른 팔을 쭉 뻗으니
아이들이 반짝반짝 별빛을 켠다
재잘재잘 까르르르
요 별들은 요란도 하지
오랜 장마에서도 쨍쨍한 소리가 났다

칠칠하다

맑고 큰 눈을 가진 지민이가 수업시간에 잘 잔다
지민이 요즘 예쁜 눈을 안 보여 주네
밤에 잠 안 자냐?
지민이 여친 생겼어요
고1 머슴애들 왁자지껄 덤벼든다
지민이 여친 아주 쪼끄매요
이마가 엄청 넓어요
이마 넓으면 시원하겠네
예 맞아요. 엄청 시원한 애예요
지민이는 빨개진 얼굴로 말이 없다
칠칠하다, 낱말 뜻을 설명하던 중이었다
지민이 여자 친구는 칠칠하니, 칠칠맞지 못하니?
칠칠해요
지민이 빙긋 웃으며 처음 입을 연다

남학생들

교정에 등꽃이 황홀하다
프랑스 궁전의 샹들리에처럼
이집트 여왕의 귀고리처럼
반짝반짝 찰랑찰랑 숨 막힌다
벌들도 떼 지어 달려드는데
방년 십팔 세 꽃다운 나이
남학생 녀석들
운동장에서 뻥뻥 공만 찬다
러닝셔츠 흠뻑 젖어
꽃그늘에 앉아 땀 닦으면서도
등꽃 한 번 안 쳐다본다
꽃이 피는지 잎이 돋는지도 모르는
저 망아지 같은 놈들
경중경중 뛰기만 하는
수노루 같은 놈들
내 차마
짐승 같은 놈들이라고는 안 한다만

풋감

산 아래 마을에 여름이 지나간다
말랑말랑하던 밤송이 통통하게 굵어져
새파란 가시가 날카롭고
꽃받침에 싸여 있던 어린 감들도
탱탱하니 볼을 부풀려
다가오기만 해 봐
건드리기만 해 봐
서슬 퍼렇게 완전무장이다

수업시간마다 떠들거나 엎드려 자거나
수희 재연이
똑바로 앉아라 지적하면
밤송이처럼 눈빛이 뾰족해진다
이야기 좀 해 볼까 조용히 불러도
풋감처럼 떫은 표정이다
책도 공책도 없이 읽기도 쓰기도 안 한다
야단쳐도 얼러도 땡땡하니 닫혀 있다
할 수 없지 아직 때가 아니다

못 본 척 모르는 척 내버려둔다
사실은 한 번도 무심하지 못하여
이제나 저제나 간절히 기다린다

가을 깊어져 시퍼런 감이 발그레 물들고
밤송이도 저절로 열려 툭툭 알밤 터질 무렵
수희의 표정이 부드러워졌다
멀리서도 고개를 끄더니 가끔 눈 맞추고 대답한다
재연이도 모둠활동 땐 안 잔다 한 줄 글도 써 낸다
그래 올해는 이만하면 됐지 그만하면 고맙지
풋것들 밑에서 안달하지 않기
햇볕에 비바람에 맡겨두기
사람의 말이 하늘을 앞서랴

피자와 시

선생님! 신문에 나왔데요.
시집 내신 거 축하드려요
와~ 짝짝짝 박수도 쳐 준다
이 반 녀석들 꽤 예의가 있는걸
고마워, 흐뭇이 웃으며 답례하니
피자 한 판 쏘세요
피자, 피자! 팔까지 흔들며 외친다
아까 다른 반 애들은 비비큐를 요청했다

지난 시절엔 새 책 사들고 와서
선생님 싸인 해주세요
수줍게 내미는 아이들도 많았다
오랜 세월 나는
목 아프게 시를 가르치고
밤새워 시를 썼지만
시는 피자를 당하지 못한다

먹을 것 없던 시절

우리는 빈 교실에 둘러 앉아 시를 읽었으나
요즘 아이들 둘러 앉아 피자를 먹는다

부엉이

내가 부엉이를 좋아하거든
밤에 눈이 요래 말개가지고 밤이면 밤마다
얼매나 공부를 열심히 하겠노 싶은 거야
내는 꼭 부엉이가 공부하는 것 같애

밀양 부북면 위양리 127번 송전탑 마을 덕촌할매
고향땅 지켜달라는 시아버지 생전의 당부
아버님예, 제가 맡을게예
아버님 일가온 논밭 잘 지켜서
자손들한테 물려주고 갈게예
망설임 없이 대답한 말 어길 수 없어서
체중 34키로 골다공증 굽은 몸으로
산을 오르고 나무 부여잡으며 보낸 십 년
구덩이 파고 목줄까지 묶으며 싸운 할매는
말이 곧 사람임을 믿었다

백 프로 국민 행복시대를 열겠노라
그러나 씹다 만 껌보다 가벼운 권력자의 말

할매는 믿던 도끼보다 독하게 찍혔다
칠십육만오천 볼트 송전탑으로 둘러싸인 마을
자식들도 꺼리는 고향이 되었다

내가 글 많이 못 배운 거 그기 천추의 한이지
글로 이 속내를 모다 써불면 얼매나 좋겠노
글을 배웠으면 어디든 나서서
지금 이런 꼴을 세상에 알렸을 긴데
그래 나는 밤새워 공부하는 부엉이가 부럽다

방방곡곡 학교에서 학원에서
밤새우는 부엉이들아
너희는 왜 공부하니
무얼 위해 공부하니

선물

배달의 왕국 대한민국에서
짜장면도 치킨도 배달 안 되는 오지마을
천주교 감물생태학습관에
커다란 전세버스 두 대가 들어와
파릇파릇한 아이들 팔십 명 쏟아놓는다
양산성당 중등부 겨울 신앙학교
겨우내 얼어 있던 운동장이 출렁출렁 살아난다
옆집의 퇴직 부부교사
시 교육위원도 지냈던 이 선생님
먼저 종종 걸음으로 나가신다
애들 왔어요? 빨리 가 봐야지
30년 베테랑 국어교사 황 선생님도
얼굴에 활짝 함박웃음이다
외양간에 송아지 염소새끼 귀엽고
꼬꼬닭과 꽥꽥 거위소리도 정겹지만
또랑또랑 말소리 터지는 웃음소리
검은 머리 반짝이는 열예닐곱 살 아이들
이렇게 예쁜 동물들인 줄 몰랐네

사람만 한 선물이 없는 줄
오지마을에서 깨닫네

둘러앉는 일

혁신학교 다행복학교 만덕고에서
가장 중요한 일은 둘러앉는 일
다함께 둘러앉을 시간과 공간을 만드는 것이
혁신과 행복의 첫걸음이었습니다
교무실 옆 모임 공간 솔바람솔솔실
수요일 오후 자율동아리 공감의 시간
학생들이 둘러앉아 토의하고 결정하고
교사들도 둘러앉아 토론하고 공부합니다
수업도 둘러앉아 모둠수업
회의야 말할 것도 없는 원탁회의
민주주의란 알고 보니 둘러앉는 일이었습니다

사실 둘러앉는 시간과 공간은 따로 없으니
학교 텃밭에 둘러앉아 삼겹살을 구웠고
백양산 달빛산행 국수집 구포시장 막걸리집
만덕동 화명동 동래역 밥집 술집에 둘러앉아
웃고 떠들며 논쟁하고 고민했습니다
교사들 둘러앉은 자리 기승전결은 언제나 아이들

엎드린 아이 홀로인 아이 외면하는 아이들을
어떻게 도와줄 수 있을까
한명의 아이도 배움에서 소외시키지 않을까

울그락불그락 시고 떫은 날들도 많았으나
어김없이 수요일은 돌아오고
어쨌든 솔바람솔솔실에 둘러앉았으므로
차츰 서로의 눈빛 읽고 마음 열어갑니다
긴 세월 홀로 꿈꾸고
오래 좌절해 본 사람은 압니다
무엇도 혼자 이룰 수 없다는 것
낮과 밤처럼 달라 보이는 너와 나도
함께 이어져 있음을 서로에게 스며들 수 있음을
백짓장도 맞들면 낫고
한 사람의 백 걸음보다 백사람의 한걸음이니
혁신학교 만덕고는 둘러앉아 행복을 배웁니다
둘러앉은 가장자리 밝고 따뜻합니다

유엔공원에서 작은 우물을 생각하다

사실 여기는 한국도 부산도 아닙니다
푸른 잔디밭 붉은 꽃 동그란 나무들
바깥엔 아파트 다닥다닥 늘어선 차들
번잡한 도시 한 켠 넉넉한 이국 땅
영구 기증한 유엔공원은 고요하고 화사합니다
어쩌면 후줄근한 삶보다 아름다운 죽음
장미와 영산홍으로 뒤덮인 빗돌엔
age 20 age 18 age 30 age 28
무스타파 도날드 토마스 다니엘 지미 아베베
터키 미국 영국 호주 캐나다 에티오피아
동방의 작은 나라에 뼈를 묻은 이방인들
이천삼백여 기의 묘비
한국전쟁 유엔군 전사자 4만여 명 이름 새긴
검은 벽은 한참을 둘러 있고
하늘은 막막한 잿빛입니다
아직은 품 안에 있어도 좋았을 아들 혹은
한 처녀의 연인 또는 아기의 아빠이기도 했을
이국병사 맑은 눈동자 환한 웃음소리도 들릴 듯한데

무엇입니까

이 소년과 청년들 여기 이역만리에 뼈를 묻게 한
것은

또 무엇입니까

14만 한국군 50만 인민군 90만 중국군 100만 민
간인 *

어느 산골짝 유골도 거두지 못한 그들의 죽음은 무엇
입니까

누구에겐 해방의 전쟁 누구에겐 자유의 전쟁

고귀한 사상과 신념과 펄럭이는 깃발과

그 뒤에 수백만의 죽음 변함없는 철조망

열일곱 살 소년병사의 이름을 딴 도은트 수로에는

작은 물고기들이 평화롭게 놀고 있습니다

여기는 평화와 화해의 상징 유엔의 땅입니다

그러나 여기 아직은 분단국가

한반도 남쪽항구 작은 우물 속입니다

* 6·25 한국전쟁 사망자는 200~300만
명으로 자료 집계 주체마다 차이가 크다.

삼일절

구십육 년 전 삼월 첫날
흰옷 입은 백성들의 만세소리
한라에서 백두까지 쨍쨍했겠다
봄볕도 부시게 튀었겠다

끊어진 삼천리
싸늘한 총구 겨눈 휴전선
형제들 슬픈 군복 위에
궂은비 쓸쓸한 삼일절

팔순의 어머니는 빗속에도
태극기를 내거신다

우리 모두 열일곱 살

배가 휘청거린 건 오래전입니다
항로를 이탈한 것은 더 오래전이었고요
그러나 늘 괜찮다 괜찮다 했습니다
부유하고 강한 나라를 만들겠다고
흐르는 강을 막고 바다를 메웠습니다
물고기와 짐승과 식물들이 죽어갔습니다
사람들도 병들고 절망하여 죽어나갔습니다
그래도 늘 가만있으라 가만있으라 합니다
외부세력 선동에 넘어가지 말라 합니다
티비는 누군가의 마이크가 되었고
사람들은 온순해졌습니다
청년들도 크게 떠드는 법이 없었습니다

아이들에게 밤낮없이 공부를 시켰습니다
보충 야자 학원 이비에스 끝이 없었어요
공부만이 살길이라고
수능대박이 인생대박이라고 가르쳤습니다
해가 뜨고 져도 꽃이 피고 져도

아이들은 커튼 치고 문제집만 풀었지요
어른들은 미래의 꿈과 희망을 강조했고
오늘을 견디면 내일 행복해진다고 장담했습니다

아이들은 학교만 나서면 좋아했지요
삼박사일 수학여행 손꼽아 기다렸어요
처음 타보는 커다란 배는 신기했고
친구들과 놀고 자고 신났습니다
그런데 아침부터 배가 이상했어요
쿵 소리 나고 몸은 점점 기우는데
꼼짝 말고 선실에 있으라고 방송이 나왔어요
—이상해 이거 실제 상황이야 죽을 수도 있어
아이들은 서로에게 구명조끼를 입혀주었습니다
—아, 우리 엄마 아빠 내 동생 어떡해
—엄마 말 못할까 봐 문자 보낸다 사랑해
그래도 갑판에 나간 친구들을 오히려 걱정하며
친절한 경찰 용감한 국군 막강한 나라를 믿었습니다

침몰하는 배 속에서도 아이들은 천진하였습니다

그러나 이 부유하고 강한 나라의 어른들은
단 한 명의 아이도 살려내지 못했습니다
—누나 그동안 잘 못해줘서 미안해 사랑해
엄마한테도 전해줘 나 아빠에게 간다
—기다리래
기다리라는 방송 뒤에 다른 안내 방송은 안 나와요
아이는 마지막으로 문자를 보냈습니다
손가락이 부러지도록 벽을 두드리고
파도를 밀어내며 기다렸지만 아무도 문 열어주지
않았습니다
결국 아이들은 학생증을 꼭 쥐고 시신으로 떠올랐
습니다
엄마 아빠 저예요
일찍 떠나서 미안해요
더 이상 기다릴 수 없었어요 정말 더는 안 됐어요

아, 잘못했습니다 정말 잘못했습니다
가만히 있으라고 가르치지 말아야 했습니다
얌전히 기다리라고만 가르치지 말아야 했습니다
마이크를 방송을 너무 믿지 말라 가르쳐야 했습니다
미래도 좋고 꿈도 좋지만 지금 당장 여기
현실을 알아보고 행동하라고 가르쳐야 했습니다
우리의 무지와 안일, 죽은 교육이 아이들을 죽였습
니다
아이들을 저 차가운 바닷물 속에 잠가놓고
죄 많은 우리는 밥을 먹습니다 따뜻한 방에서 잠을
잡니다
여전히 마이크 잡은 자들의 방송을 듣습니다

마지막까지 기다리고 최후까지 어른들을 믿었던
아이들은 이제 죽어서 문자를 보냅니다
엄마 아빠 선생님 정신 차리세요
이 나라 배가 침몰할지 몰라요 이 문명의 배도 위
험해요

짐을 너무 실었어요 너무 멀리 길을 벗어났어요
가짜 방송만 믿지 말고 밖으로 뛰쳐나오라고
배를 살피고 항로를 바꾸라고 조난 신호를 보냅
니다
진도 앞바다 인당수에 제물로 바친 우리 청이 청
이들
눈멀고 귀먹은 아비어미들에게 그만 눈을 뜨라고
생때같은 자식들이 떼죽음으로 경고합니다

앳되고 고운 우리 아이들 영정 사진 속에 있지 않
습니다
저 붉은 뺨의 아이들이 어찌 창백한 조화 속에 누
워 있을까요
아빠 살려줘 엄마 무서워 울며 울며 떠난 아이들
아직도 캄캄한 바다 속을 떠다니는 피눈물나는 내
새끼들
바람으로 햇볕으로 빗물로 우리에게 스며듭니다
우리와 함께 숨 쉬고 말하고 먹습니다

내 꽃다운 청춘 살려내라고 참되게 살아달라고
아이들이 흐르는 눈물을 닦습니다
차가운 육신을 벗고 질긴 허물을 벗고
우리 모두 열일곱 살
팔랑팔랑 노란 나비로 날아오릅니다
넘실넘실 푸른 바다 넘어갑니다

울음소리

자다가 깼다
어디서 소 한 마리 쉴 새 없이 울고 있다
초저녁부터 시작된 울음이었다
어디가 아픈 건가
무엇이 슬픈 건가
송아지 뺏기면 어미 소 일주일도 운다던데
저러다 복장이 터질라
소는 본시 울음 많은 동물이 아니다
낮에 목청 확인하듯 움머어
서너 번 짧은 소리 내보고
한밤 외양간엔 고른 숨소리뿐이다
만물이 잠든 밤
우웅 우웅 우우웅
소 울음소리에 풀벌레도 숨을 죽인다
울음 달래줄 도리 없어
덧문 닫아 귀를 가려보지만
울음소리는 고개 너머 강 건너
소용돌이 바다까지 번져 나가

그예 어미 잃은 어린 울음을 끌어안는다

엄마의 밥상

1.
하루에 투잡을 뛰는 엄마
잠시 집에 들렀다 나가는데
엄마, 뭐 먹고 가야지
재빨리 샌드위치를 만들어주었지
엄마의 엄마 같은 아들 순범이
친구들이 찾으면 언제든 달려가고
바쁜 엄마 누나 대신 스스로
밥하고 빨래 개고 김치찌개 끓여놓던
착하고 평화로운 아이
누구에게도 해 끼치지 않고
자기를 먼저 드러내지 않던
속 깊은 아이 눈빛 맑은 소년

다섯 살 위 작은누나
동생을 아들처럼 챙겼지
요리 해주고 옷 사주고 함께 노래 부르고
좋아하는 악기도 배우게 할 참이었는데

버스에서 또래 소년들 보며 눈물 삼키다
사람들이 동생 있느냐 물으면 대답하네
있지요 볼 순 없지만 어디에나 있어요
투명한 아침 이슬로 왔다 가는 내 동생
푸른 봄날 붉은 노을로 스며든 내 동생*

2.
제대로 챙겨주지 못한 아들이
넘기지 못한 가시처럼 걸려 있는 엄마는
뒤늦게 새로운 세상을 배우고 있단다
처음 들은 민중가요 가슴에 북받쳐
차창 모두 내리고 볼륨을 한껏 높였어
더 많은 사람들이 듣고 깨어나도록
차 밖으로 마이크라도 달고 싶구나
아들아, 너무 늦게 눈을 떠서 미안해
네게 못 다한 사랑 세상에 갚을게
너처럼 고운 아이들 안전하고 행복한 나라
기어코 만들어 볼게 있는 힘을 다 할게

그리운 내 아들 한번만 다시 만났으면
따뜻한 밥상 차려 느긋이 먹였으면

＊ 1의 일화는 『단원고 약전, 짧은 그리고
영원한』 6권 '권순범 -너무 일찍 철이 든
아이' 참조함.

노란, 노란

애진이 목걸이는 노란 리본 팔찌도 노란 링
가방마다 노란 리본 달랑달랑
침대 머리맡엔 목각 리본
이것들은 언젠가 망가질 수 있으니
팔뚝에 문신을 새겼다 노란 리본
그래도 돌아오지 못한 친구들 숫자만큼은 안 된다
노란 나비가 되어서라도
기억하라고 증언하라고
그 사월 바다에서 살아남았다고 믿는다

제3부

산동네의 시

이른 아침부터 땅 땅 땅
집 짓는 소리 하루도 그치지 않는
문현동 산동네
누덕누덕 판잣집 허물고 아파트 빌라들
한 뼘 골목길도 아까워하며 촘촘히 들어서는데
땅은 벌써 다 덮었고 하늘도 빼곡히 가릴 참인데
아파트에 먹히지 않은 산비탈 집 한 채
당당히 슬레이트 지붕 이고
앞마당 뒷마당 정갈히 쓸어
벚나무 목련 모과나무 숨결 열어주고
상추에 쑥갓 마늘과 당파도 싱싱하니 길러내며
비추는 대로 하늘 모시고 사는
도도하고 정결한 가난

출근길마다 한 편 시를 읽는다

낡은 옷

빨래 널다 어머니 기운 속옷을 본다
어디에 걸렸는지 가슴 쪽 찢어진 자리
같은 천 덧대어 얌전히 기워 놓으셨다
아파트 수거함 새 옷도 넘쳐나는 시대
한 땀 한 땀 기운 자리가 뭉클하다

어릴 적 기운 자국 없는 옷 드물었지
윗도리 아랫도리 속옷이며 양말마다
팔꿈치 발꿈치에 무릎이며 발가락
둥글게 네모지게 군데군데 기운 자국
엄마의 반짇고리는 조각 천 쌈지였다

색 바래고 기운 옷 내내 입다가
설치레 추석치레 명절맞이
새 옷 한 벌 얻어 입으면
머리맡 새 옷 냄새 잠이 안 왔다
아침에 새 옷 입고 나서면 동네도 새 동네
금빛 햇살도 내 옷만 비춰주었지

몇 년 동안 맨몸 감싸준 옷
더 입을 수 없이 나달나달해도
아무 데나 던져버리지 않았네
기저귀며 걸레로 쓰고 쓰다가
연탄아궁이 불마개로 또 몇 달 구르며
그 낡은 옷은 산화하며 순명했지

연탄 화덕 같은 팔월의 땡볕
폭포수로 쏟아지는 매미소리
쟁글쟁글 여무는 생
십수 년 된 무명옷에 기대어
여름 한낮 헐렁하게 보낸다

메이데이

오월 첫날
노동절이라고도 하고
근로자의 날이라고도 하는
메이데이

성직이라고도 하고
지식소매상이라고도 하는
우리학교 교육노동자들은
오전 시험 감독을 마치고 태종대로 놀러갔다

횟집에서 봄 도다리를 먹고
바닷가 바위에 앉아 봄볕을 쬐었다
햇빛 청명하고 바람 좋았다

저기 저 방파제 위에
꼿꼿이 서서 낚싯대 드리운 사람
학교 불러다 시험 감독시키면 좋겠다고 깔깔거렸다

메이데이의 밤
이십대 아들은 커다란 가방을 끌고
노동자의 길을 출발했고
기나긴 노동에서 풀려난 팔순의 아버지는
한시 백일장에서 참방이라고 유쾌하게 돌아오셨다

감나무 봄

겨울 감나무는 유독 앙상하다
메마른 둥치에 희끗희끗한 검버섯
다시 살아날 기미가 없다
매화 목련 산수유 벚나무
꽃잎 축포 터뜨릴 때도
감나무는 심란한 풍경으로
새 한 마리 불러들이지 못한다
춘풍에 난분분히 꽃잎 흩날려
진달래도 개나리도 소리 없이 이울고
봄이 진다 봄날은 간다

그제야 감나무에 뾰족뾰족한 새 잎
이런 의뭉스런 영감 같으니 아주 죽은 줄 알았네
용 비늘로 갈라진 밑동을 철썩 때려주었다
그러거나 말거나 감나무는 아주 물이 올라서
반짝반짝 여린 새순을 열 개 스무 개 서른 개
자고 깨면 자랑처럼 선물처럼 마구 내밀었다
감나무 새 잎이 얼마나 맑고 고운 빛깔인지

봄날 한때 우두커니 그 연록빛 감나무 잎사귀에
취해보지 않은 사람은 당달봉사다 맹물이다
감나무는 이제 늙고 메마른 영감이 아니다
간질간질 여린 잇몸 젖니 돋는 아가다
이웃 나무들 벌써 코밑수염 짙어질 때
감나무는 보들보들 살빛 맑은 유년기다

여기까지만 쓰자
새벽길 소복이 깔린 감꽃에 대하여
담장 너머 툭툭 떨어지는 청시에 대하여
가을저녁의 그리운 등불 홍시에 대하여
이 봄날 여린 새잎 앞에서 다 쓰고 마는 것은
생을 속절없이 가불하는 일
지금은 다만 새 잎에 취할 때 새 잎을 노래할 때
나도 한 개 새 잎이 될 때

파전

금정산 둘레길 산밭동네
작은 매화나무 그늘 아래
두레밥상만한 텃밭을 쪼아놓고
지난 가을 파씨를 뿌렸지
아직 바람찬 새봄
파릇파릇 실파가 돋는다
봄볕에 파뿌리 통통해지면
쏙쏙 뽑아다가 파전을 부쳐야지
동동주에 매화 몇 송이 띄우고
파밭만 한 두레상 둘러앉을 만큼
네댓의 벗들을 불러야지
겨우내 눈비 속에 함께 자란 별꽃과
빈 가지에 놀아주던 멧새와
살랑살랑 봄바람도 모셔 오면
매화향 은은히 밝은 밤
파릇파릇 달큰한 주연상에
건배사는 달님이 해 주실 거야

목청

청추우느을돌려다아오오
봄볕 일렁이는 산길
반백의 남정 하나이
길게 목청 뽑는다
연푸른 새 잎 고목나무들
쏴아아 화답한다
조오쏘
소리 아직 청청하오

논

기우뚱한 농가 한 집 건너 그림 같은 전원주택
경주시 불국동 외곽 진티마을
그러나 논물 찰랑이는 논이 있어서 전원이다
따뜻한 논물에 비치던 토함산 그림자 지고
열사흘 달빛 은은하니
온 세상 떠메고 갈 듯 우렁찬 개구리들
아이들 소리 끊어진 늙은 마을
개구리라도 와글바글 설쳐대야지
몰려오는 어둠을 향해 집집마다 개가 짖고
점잖은 누렁소도 이따금 박자를 맞춰준다
얼마나 이 논에서 흰 쌀밥 얻어먹을지 모르나
개구리들 저리 목청 높여 집회 시위하는 걸 보니
괜찮다 괜찮다 아직 괜찮다
나는 낡은 집 평상에 누워
근심어린 달빛을 끌어다 덮는다

흐린 날

낡은 기와집처럼 갈앉은 하늘
동구 밖 버드나무 우수수 가지 드리우고
새들도 깃을 접고 비쭝비쭝 두어 번 지저귀다 말고
머릿수건 눌러쓰고 아낙은 종일 텃밭에서 흙을 일
구네
고개 한 번 들지 않네 하늘 한 번 보지 않네

이만큼의 자본주의
—윈난 샤핑 시장

차며 씨앗이며 장신구며 갓 잡은 돼지도 통째로
쪽풀 염색천은 하늘 아래 펄럭펄럭
윈난성 푸른 들판 넘치게 거둬들인 푸성귀며
가위와 보자기 하나뿐인 이발사에
이빨 뽑고 점도 빼준다는 촌로까지
월요일 오전 샤핑 시장은 왁자하니 흥성하다
설설 김 올리는 노천식당 좌판에는 쌀국수에 독한
백주
　장꾼들은 밥그릇 들고 먹기에 여념 없다
　등짐 진 바구니 가득 자잘한 물건들 떨이해 팔고
나면
　상인은 이제 고객으로 이것저것 바구니를 채운다
　한 닷새 지치지 않을 만큼만 일해도
　일주일에 한 번 열리는 장날마다
　한 바구니 지고 와서 신나게 팔고 푸짐하게 사고
　모처럼 별식도 사 먹을 만큼 돈 벌어서
　비우고 채우고 먹고 먹이고 이렇게 살았으면
　왔다 갔다 사진기 들이대는 먼 나라 과객들이야

서로 재미난 구경거리로 보고 말며
두런두런 이웃이랑 바구니 메고
산 아래 정다운 마을로 돌아갔으면
정처 잃고 떠도는 관광객이 아니라
마음 내키면 훌쩍 가벼운 봇짐 지고
가난하고 겸손한 여행자로 행각할 수 있는
이만큼의 자본주의
이 정도의 지구 마을이었으면

빨래

기우뚱 쓰러질 듯한 흙집들
중국 윈난성 변두리 소수민족 마을
공터 벽돌공장 뿌연 먼지 속에서
알록달록 두건을 쓴 이족의 아낙네
빨래 대야를 끼고 간다
힘들여 씻어봐야 금세 또 먼지일 걸
그래도 어디서나 여인들은 빨래를 한다
꽁꽁 언 손으로 아이들 속옷을 문지르고
찬물에 몇 번이나 이불 홑청을 헹군다
아침마다 해가 뜨는 것처럼
봄마다 꽃이 피는 것처럼
여인들은 쉼 없이 빨래를 한다
해는 지고 꽃도 지고
천지사방 먼지 자욱해도
하늘 가득 너울너울 빨래를 넌다

먼지가 없으면 빨래도 없겠지
먼지의 별 먼지의 우주

삼라만상 풀썩이는 먼지 덕분에
방방곡곡 사람의 마을마다
새물내 끼끗한 빨래가 펄럭인다

촛불 묵상

끝이 날렵한 세필이다
제 몸을 녹여 만든 흥건한 물감 적셔
어둠의 치마폭 위에
사각사각 무언가를 새긴다
먼 원시 적부터 내려온 몸짓
후덕한 어둠의 품에는
삼라만상 씨앗이 잠들어 있다
그중 한 씨앗 일찍 눈떴다
숨결에도 호르르 고물거리는 작은 몸
따라서 깨어난 은밀한 눈빛들
풀벌레 악사들 영롱한 연주와
어둠으로 버무려진 흥성한 밤의 연회
치밀한 견자見者의 붓은
아무것도 놓치지 않는다
마감 작업으로 화룡점정
발갛게 갓 난 떡잎 하나
오롯이 피워 올리고 피로한 몸을 뉜다
깊고 충만한 밤이었다

木月 문학관

초겨울 오전 차갑게 응고된 공기
탄산수처럼 톡 쏠 듯 새파란 하늘 아래
붉은 단풍잎 몇 장 마른 가지를 붙들고 있다
가까운 인가에서 굴뚝 연기라도 퍼졌으면 싶은데
바쁠 것 없는 걸음 띄엄띄엄
메밀묵처럼 슴슴한 시를 맛보는 새
씻어 말린 고무신처럼 보얀 햇살이 마당에 깔린다
꼭 이런 날이었을 게야
木月은 아침 산책 잘 하고
곤하여 잠시 누웠다가 이승을 떴단다
어쩌면, 시보다 더욱
메밀묵처럼 슴슴한 그 죽음이 나는 좋았다

신라의 달밤

황성옛터엔 유채꽃 연꽃 코스모스
철마다 백화난만 꽃 잔치는 헤퍼서
사람들은 소낙비처럼 몰려와
한나절 시름을 부려놓고 사라졌다
일순, 한적해진 고도古都의 밤
대릉大陵은 잠든 초식동물처럼
깊고 부드러운 숨을 내쉬고
천년 그대로 교교한 달빛에선
월명의 피리소리도 흐를 듯한데
천지를 감동시킬 음률도
지음을 얻지 못하면
한갓 잉잉대는 바람소리일 뿐

천년의 시공을 청음하려
머리맡엔 까물대는 촛불
백지와 연필 한 자루로
무딘 귀를 세우다

저녁 밥상

날이 흐리고
간간히 빗방울
붉은 감잎 지는
오래된 마을

밝은 기와집
보얀 창문 안쪽
달그락거리는 저녁 밥상
어둑한 동네 길로
모락모락 퍼지는 구수한 김

낯모르는 행인도
함께 환해지는
낮은 기와집
달그락거리는 저녁 밥상

마당에 빨래 널기

시골집 마당 수돗가에
커다란 고무대야 넘치도록 물 받아놓고
빨래판에 비누 박박 비벼 땟물을 뺀다
옛적 시냇가 빨래터에야 비길 수 없어도
아파트 뒷베란다 꽉 닫힌 세탁기 안에서
합성세제 덮어쓰고 팽글팽글 돌던 생각 하면
오늘은 빨래의 소풍날 잔칫날이다
손으로 발로 철벅 철벅 물방울 튀기며
여름날 마당에서 빨래하기는 신나는 놀이
땀 냄새 찌든 빨랫감도 개운하고 즐겁다
탈수기도 건조기도 필요 없이
마당에 옥상에 넉넉히 매어 단 빨랫줄
이불도 속옷도 걸레도 활개를 펴고
물방울 뚝뚝 떨어뜨리며 빨래는 싱싱하다
햇볕과 바람이 빨래를 귀애하여
석양 무렵 가슬가슬한 빨래를 걷으면
바람과 햇볕의 숨결 올올이 스며 있다

오늘 조간신문에 우스운 이야기
세계 최강이라는 미국이란 나라는
빨래 너는 것이 주택법 위반이란다
주렁주렁한 빨래가 집값 떨어뜨린다고
건조기는 팔아도 빨랫줄은 안 판단다
하늘 아래 펄럭이는 기쁨을 모르다니
그 나라 빨래가 퍽 가엾다
햇볕과 바람도 참 심심하겠다

동구 밖 막걸리 집

무며 마늘을 묻어놓은 텃밭 고랑에
언제부턴지 소식 없이 소리도 없이
눈이 내리고 하야니 눈이 쌓이고
몇 가닥 선으로 남은 겨울나무는
범치 못할 묵상에 잠겼는데
마을 집들에선 뜨뜻한 구들장을 지고
일없는 농군들이 앉았다가 누웠다가
리모컨을 돌리다가 화투장을 떼다가
무료하고 궁금하고 삭신도 결리고
에라, 벙거지를 쓰고 털신을 끌고
동구 밖 막걸리 집으로 간다
기우뚱한 지붕 덜컹대는 미닫이 안쪽엔
벌써 비슷한 촌로들 서넛 둘러앉아
시큼한 깍두기 달걀붙임 두어 조각
막걸리 몇 잔에 눈이 가물가물하다
막걸리는 텁텁하니 취객을 닮았다
마을에 논밭에 하염없이 눈은 내리고
숨소리마저 잦아든 듯 적막한 산야에

꿀렁꿀렁 펌프질해대는 마을의 염통인 양
동구 밖 막걸리 집은 불콰하니 왁자하다

비 오는 날 동래시장

비 오는 날
동래 시장 오래된 골목
연탄불 곰장어에 소주 두어 병
오랜 동지가 하이쿠를 짓자네
거대 담론 심각한 얘기 밀어놓고
곰장어 같은 것
빗방울 같은 것
운율 맞춰 시를 지어 보자네
젊은 시절 심각하게 살아
십여 년 해직 뒤늦은 복직
스물 몇 평 변두리 아파트
삼십 년째 살고 있으나
어머니 모시기 문제없다고
화장실이 두 개라고 무던하게 웃는 벗
오늘은 사사로운 이야기
낭만적인 시를 지어 보자는데
시보다 빗소리가 더 좋아
오랜 벗 새 친구 술동무 좋아라

연애소설과 헤르만 헤세에 빠져들던
단발머리 중학생 사십여 년 만에
동래시장 좌판에 앉아 보니
떡볶이 접시가 곰장어로 바뀌었을 뿐
시간은 밀물처럼 돌아와 있네
동무들 팔짱 끼고 골목길 나서니
밥집 담장에 은목서 꽃잎
경쾌한 시구로 떨어져 있네

단비

1.
오랜 가뭄 이글이글한 땡볕
정자나무 그늘을 찾아
널브러졌는데
무언가 어둑한 것이
몰려오더니
무성한 이파리 사이사이
후드득후드득
푸른 열매 떨어진다
다디단 낙과다

2.
쭉쭉 젖 빠는 소리
벌컥벌컥 물 켜는 소리
얼마 만인가
이번 생은 작파한 듯
시난고난 죽어가던
고구마순 배시시 고개 들고

배춧잎 푸릇푸릇 일어선다
푸지게 쏟아지는 하늘나라 구호품
장화에 질척이는 흙도 황감하다

감나무 가을

바람찬 생의 뒤안길을 걸어온 그는
젊은 날 가슴속 거친 칼로
스스로를 베기도 했었다
생은 아무것도 알려주지 않고
무작정 길만 내었다
산길 모퉁이를 따라 돌아보니
어느 가을날 오후
문득 고향집 앞에 와 있음을 깨달았다
감나무가 등불을 밝혀 들고 있었다
붉고 따뜻한 감을
시린 두 손으로 고이 품었다
온몸이 환해졌다

아침

썩어가는 사과 한 알
마당귀 텃밭에 던졌다
텃새 두 마리 찍찍 짹짹 날아와
콕콕 조반을 먹는다
순둥이 강아지 아침 먹다 말고
귀가 쫑긋
미동도 않고 새를 바라본다
포르릉 날아가자 흠칫
제 밥그릇으로 간다
나도 깜빡
밥솥에 불 넣으러 간다

용맹정진

팔만대장경 법문이라도 새기나 보다
온몸을 날렵한 끌로 삼아서
골똘히 골똘히 골똘히
섬돌 아래 저 독실한 직공은
입추를 기점으로
철야작업에 돌입했다
용맹정진이다
이 망망한 시공에
한 소절 간절한 음률로
수행할 수 있는 인연이
어느 생에 다시 올지 모르기 때문이다

무당벌레

하얀 감자꽃 위에
칠보단장 무당벌레
깊은 선정에 들었다
바람의 고요한 무게 중심
풀잎 하나 흔들리지 않는다
부글부글 들끓던 화두
그런 비등점의 세월도 있었다
풍우를 지나며 날개도 다쳤었다
수천만 리 밖에서
빛의 속도로 날아온 시간은
그 매끄러운 등 위에서 멈추었고
무당벌레는 이제
기우는 햇살을 아쉬워하지 않는다

사과 하느님

지난여름 숨 막히는 더위
태울 듯한 햇볕을 지나온 사과다
날름거리는 벌레의 혀도 받아낸 사과다
통통거리는 빗방울 격한 바람과
사랑을 나눈 사과다
스물 몇 번 친다는 농약의 유혹을 이기고
자연이 주시는 축복과 시련을
백 프로 수용하고 견뎌낸
거뭇거뭇 울긋불긋한 뺨을 가까스로
성취한 사과 앞에서 묵상한다
둥근 손으로 예배한다
하느님의 사과
하느님인 사과

해설

세속과 초월, 또는 그 사이

고봉준(문학평론가)

　행복한 사람은 시계를 보지 않는다는 말이 있다. 행복에 도취되었을 때, 우리가 '나' 이외의 외부 세계에 관심을 기울이지 않는다는 것은 경험적 사실이다. 루소 (J. J. Rousseau)가 아이들을 교육할 때 타인의 행복보다 불행을 먼저 보여주어야 한다고 주장한 이유도 여기에 있다. 인간은 자신이 타인과 마찬가지로 불행해질 수 있다는, 한낱 나약한 존재에 불과하다는 사실을 깨달을 때 비로소 타인에게 관심을 갖기 시작한다. 그렇다면 결국 저 진술에 등장하는 '시계'는 행복한 상태의 바깥, 혹은 그 바깥에서 '행복'의 순간이 끝을 향해 가고 있음을 알리는 '해골(Memento mori)'의 손짓이 아닐까. 그래서일까? 현대문학은 그 출발점에서부터 저 '해골'의 흔적을, 저 '해골'에 대한 의식을 내부에 간직하고 있다. 현대적인 인간은 그 자신의 유한성을 이미-항상 의식하고 있는 존재이고, 이 때문에 죽음, 염려, 불안 등은 이미 오래전부터 문학적 현대성의 표식처럼 이해되어 왔다. 사람들이 '근대'라고 부르는 역사의 특정한 시기에 유럽에서 발생하여 우리에게 흘러들어 온 예술, 그것의 일부로서의 '문학'이란, 한 손에는 '언어'에 대한 의식을, 다른 한 손에는 인간의 '유한성'에 대한 의식을 들고 있는 존재라고 이해해도 좋을 듯하다. 예술의 현대성에 대한 이러한 의식 안에서 문학, 특히 시의 레종 데타(Raison d'État)는 종종 지금-이곳, 이 세계, 이 순간과의 개인적·집단적 '불화'에서 찾아진다. 그러므로 '행복한 사람은 시계를 보지 않는다'는 저 진술을 형식논리학적으로 뒤집어 '시계를 보는 사람은 행복하지 않은 사람이다'라고 말할 수 있다면, 그때 '시계'를 보는 행위는 사실상 '현대예술'을 의미한다고 읽어도 좋을 것이다. 이 논리학 안에서 예술은 '행복'보다는 '불행'과 더 친밀하다.

하지만 조향미의 시에는 이러한 유한성의 표식은 상당히 제한적으로만 등장한다. 그녀의 시에 한계,

불화, 불안 등의 부정적 정서가 전혀 없다는 말이 아
니다. 그렇지만 그것들의 영향력은 결코 크지 않다.
그녀의 시에는 '시계'라고 지칭할 장치가 별로 없다.
조향미의 시세계는 외부의 대상 혹은 세계와의 갈등
보다는 그것과의 화해를, 유한성에서 기원하는 한계
의식보다는 현재적 상태의 충만함을 표현하는 데 더
많은 에너지를 쏟고 있기 때문이다. 이는 그녀의 시
에서 '교육'이나 '종교' 같은 특정 모티프가 큰 비중을
차지하기 때문이기도 하지만, 전체적으로 그녀의 시
가 현대성이나 미학적 자의식에 강조점을 두지 않고
삶, 구체적으로는 시와 일상의 거리를 상당히 좁히려
는 태도를 취하고 있기 때문인 듯하다. 조향미의 이
번 시집은 우리가 흔히 '승화'라고 부르는 이러한 태
도가 주조(主調)를 형성함으로써 '불행'이나 '상처'보
다는 그것의 치유에 더 많은 시선을 던지고 있다.

  낙엽 소복이 깔린 길을
  드문드문 행인들이 오간다

시절이 익을 대로 익어서
이 가을은
오래 묵힌 술독을 비울 때다
안으로 안으로 발효한
향기는 맑고 서럽다
마지막 제상 차리는 제주처럼
나는 정성스레 술을 걸러
집에게 잔을 올린다
집은 이제 허물로 남을 것이다
긴 세월 깃들어왔던 집은
고치처럼 환하였고 알처럼 따뜻하였다
한때 저 집은 말랑말랑한 살과 피
나뉘지 않은 한 몸이었으나
언제부턴가 껍질로 굳어 갔다
쉬이 소멸하지 않는 집의 습(褶)
몸을 잃은 빈 껍질이
안간힘으로 허공을 부여잡는다
그러나 언제고 나비도 새도

오래된 집을 부수고 날아오른다

낯설고 아득하나

천지사방 길 아닌 곳은 없고

머잖아 그 오랜 집은

아련한 봄꿈으로 흩어질 것이다

-「오래된 집을 떠나다」 전문

　서정시의 장르적 특징 가운데 하나는 오래된 것에 관한 관심이다. 인간에게 이 '오래된 것'의 원형은 '자연'인데, '순환'에 기초한 자연의 영속성은 인간 존재의 유한성과 대조되면서 오랫동안 서정시의 테마로 간주되어 왔다. 이러한 자연지향성은 조향미의 시에서 승화 또는 인간적 삶에 대한 긍정이라는 형태로 변형되어 나타난다. 때문에 분리를 의미하는 '떠나다'라는 술어가 강조되고 있는 인용시는 조향미의 시세계에 비추어 보면 일종의 '파격'이라고 말할 수 있다. 화자는 지금 "오래된 집"과의 결별을 앞두고 있다. 그는 이 결별을 계절에 비유하여 "시절이 익을 대로 익어서" "오래 묵힌 술독을 비울 때"인 '가을'이라고 쓰고 있다. 하지만 계절의 변화로 인해 발생하는 나무와 낙엽의 결별이 자연적 질서의 일부인 반면 화자에게 '집'과의 결별은 "정성스레 술을 걸"러 '잔'을 올려야 할 정도로 상징적 의미를 갖는다. 그에게 '집'은 단순한 '공간'이 아니라 "긴 세월 깃들어왔던 집은/고치처럼 환하였고 알처럼 따뜻하였다"라는 진술처럼 자신의 존재를 의탁하고 있던 '장소'이기 때문이다. 여기에서 '집'은 개인들이 부여하는 가치들의 안식처이자, 안전과 애정을 느낄 수 있는 고요한 중심으로서의 '장소'라고 주장한 친밀성의 세계이다. 이러한 친밀성으로서의 '장소'는 자아와 대상 사이에 거리를 전제하는 시각이 아니라 너무 가까이에 있어서 보이지 않는, 우리 자신의 일부 같은 것이어서 오직 촉각적으로만 경험된다. 화자가 '오래된 집'에 대해 이야기하면서 사용하고 있는 '환하다', '따뜻하다' 등의 표현은 이런 맥락에서 이해할 수 있다.

그런 화자가 지금 그 친밀한 세계와 결별을 선언하고 있다. 한때는 자신과 '집'이 "말랑말랑한 살과 피/나뉘지 않은 한 몸"이었으나 언제부턴가 "껍질로 굳어 갔다"는 것이다. 이것이 결별의 이유인지는 확실하지 않지만, 결별에의 의지에도 불구하고 화자는 "쉬이 소멸하지 않는 집의 습(褶)"을 느낀다. 하지만 습(褶)의 구심력보다 '집'을 떠나려는 화자의 원심력이 크다. "언제고 나비도 새도/오래된 집을 부수고 날아오른다"라는 진술처럼 화자에게 '집'과의 결별은 자연의 이치와 비슷하게 이해된다. '오래된 집'이 제공하는 익숙하고 따뜻한 친밀함의 세계를 벗어나면 그 순간에는 "낯설고 아득"할 것이지만, 따지고 보면 "천지사방 길 아닌 곳은 없"으며, 시간이 지나면 "그 오랜 집"의 습(褶) 또한 '봄꿈'처럼 아련한 느낌으로만 남으리라는 것이다. 습(褶)의 친밀성을 버리고 "낯설고 아득"한 미지의 가능성을 긍정하는 화자의 이러한 태도는 조향미의 시세계가 그동안 보여준 치유와 승화의 서정적 세계와는 상당히 다르다.

예컨대 세계를 대면하는 다음과 같은 태도야말로 조향미 시의 특징적인 면모라고 말할 수 있다.

집 우(宇) 집 주(宙)
우주의 욕조에
몸을 잠근다
물은 따뜻하고
넘실넘실 충만하다
길고 긴 세월
바람찬 거리에서
한 개 외딴 얼음조각이었던 나는
스르르 물속으로 녹아든다
만물은 다만 출렁이는 물이어서
천지는 틈이 없다

-「귀향」 전문

친밀한 세계와의 결별이라는 테마는 '충격' 경험에
기초하여 도시적인 서정을 사유한, 보들레르에게서

시작되는 문학적 현대성의 한 표식이다. 이러한 현대적 사유는 오래된 것보다는 새로운 것, 친밀한 경험보다는 낯선 경험을 통해 우리의 정신적·신체적 감각을 '익숙함[習]'으로부터 해방시키는 것을 예술의 과제로 삼았다. 이러한 세계관에서 세계와의 불화는 종종 '결핍'과 '상처'라는 개념으로 전유되어 예술의 출발점으로 간주된다. 이것이 예술에서 '익숙한 것'과의 결별이 갖는 의미이다. 반면 조향미의 시는 근본적으로 '결별'보다는 '만남'을 선호한다. 위에서 우리는 '오래된 집을 떠나다'라는 화자의 목소리를 직접 들었지만, 그럼에도 불구하고 '귀향'이라는 제목이 조향미의 서정적 세계에 더 가깝다는 사실은 부인할 수 없다. 이 시에서 화자에게 '귀향'이란 '우주=집'이라는 '욕조'에 '몸'을 담그는 것, 그리하여 '물'의 '따뜻함'과 '충만함' 안에 거주하는 것이다. 화자에게 '집'은 따뜻하고 충만한 촉각적 세계인 반면, 집 바깥, 그러니까 "바람찬 거리"는 자신이 "한 개 외딴 얼음조각"임을 느끼지 않을 수 없는 차가운 곳이다. 그러므로 '귀향'은 '얼음조각'이 따뜻한 '물속'에 녹아드는 과정이라고 요약할 수 있다. 차가움과 따뜻함, 얼음과 물의 이 만남에서 이질적인 것들의 마주침과 충돌의 이미지를 읽으려는 사람도 있을 듯하다. 그러나 "만물은 다만 출렁이는 물이어서/천지는 틈이 없다"라는 인상적인 구절이 강조하고 있듯이 화자에게 그것은 불협화음을 발생시키는 '충돌'의 이미지가 아니라 '틈'이 존재하지 않는 원초적인 충만함의 상태로 돌아가는 것이다. 이러한 우주적 충만함의 사고는 사물의 대립적인 고유성, 즉 하나의 사물이 다른 사물과 본질적으로 대립하는 속성을 지닌다는 생각과는 거리가 멀다.

바람찬 생의 뒤안길을 걸어온 그는
젊은 날 가슴속 거친 칼로
스스로를 베기도 했었다
생은 아무것도 알려주지 않고
무작정 길만 내었다

산길 모퉁이를 따라 돌아보니

어느 가을날 오후

문득 고향집 앞에 와 있음을 깨달았다

감나무가 등불을 밝혀 들고 있었다

붉고 따뜻한 감을

시린 두 손으로 고이 품었다

온몸이 환해졌다

- 「감나무 가을」 전문

　이질적인 것들이 뒤섞여 하나의 충만한 전체를 형성하거나, 자연적·원초적 합일에 이르지 못할지라도 대립적인 성질을 등장시킴으로써 담론과 이미지 모두에서 선명한 대조적 효과를 만들어내는 방식은 조향미 시의 고유한 어법이다. 그녀의 시에는 익숙한 세계[習]에서 벗어나려는 욕망과 '고향'으로 상징되는 그 세계로 돌아가려는 욕망이 평행상태를 이루고 있다. 마찬가지로 그녀의 시에는 '신', '하느님' 등이 상징하는 초월적 세계와 '촛불', '풍찬노숙', "철탑 위에 올라 있는 사람들", "장애인" 등으로 상징되는 세속적 세계가 대조를 이루면서 공존하고 있다. 그리하여 그녀의 시는 수축과 이완을 반복하는 생명의 운동처럼 이질적인 세계를 넘나들면서 지속적으로 시적 관심의 영역을 확장하는 경향을 보인다. 물론 이러한 이질적 요소들의 평행은 기계적·중립적인 것은 아니어서 대개의 경우 이 대립은 화해, 치유, 승화의 방향으로 기울어진다. 인용시에 등장하는 두 세계, 즉 1~5행의 '방황'과 6~12행의 '귀향' 또한 동일한 맥락에서 이해할 수 있다. 「귀향」에 등장하는 '외딴 얼음조각'과 마찬가지로 이 시에서 '방황'의 시간은 "바람찬 생의 뒤안길"처럼 차가운 이미지로 형상화되는 반면, '귀향'의 시간은 '등불', "붉고 따뜻한 감"처럼 밝고 따뜻한 이미지로 표현된다.

조향미의 시편들은 이러한 이미지의 대립을 공유하고 있다. 가령 「이 가을」에서 "하염없이/뻗쳐오르고 시퍼래지고/기세등등"하는 "시들지 않는 마음"과 "소리도 없이 툭 떨어졌으면/이 무명 진토에 다시 피

어나지 말았으면" 하고 바라는 마음의 관계가 그렇
고,「생각 1: 폭설」에서 "폭설 퍼붓는 생각의 산중에
갇혀" 있는 상태와 "빈 가지로 견결한 나무들/겨울산
은 환하니 고요하다"라는 상태의 관계가 그렇다.「이
가을」에서는 '상승'과 '하강'이,「생각 1: 폭설」에서는
'고립'과 '자유'의 상태가 대조적 관계를 이루고 있다.
「생각 2: 배꼽」에서 '생각'으로 인해 "환한 대낮도 순
식간에 캄캄해지고/고요한 뜰에 별안간 회오리"가
이는 장면과 "겨울 볕살의 보시(普施)는 두터워/마루
와 등은 무녕무상 따끈"한 상태의 관계도,「바다 앞
에서」에서 "바다 앞에서 눈물 쏟는 자"와 "크고 부드
러운 물결/무량한 바다"의 관계 또한 어둠과 밝음,
차가움과 따뜻함, 유한과 무한의 명확한 대조를 출
발점으로 삼고 있다.

　　　무제한으로 사는 사람들
　　　늘 배부른 자들을 생각해 본다
　　　사방팔방 곳간이 그득한 부자들

결핍의 겸허함

허기의 그리움을 잃은 자들

무와 공을 믿지 않는 자들

요금제를 확 낮추었다

빵빵한 배가 조금씩 꺼지고

꽉 찬 냉장고 헐렁해질 때

예금 잔고와 통신 데이터 반 너머 줄어들 때

무언가 그리운 것이 파고든다

무제한은 신의 영역

생은 제한이어서 이렇듯 애틋한 것이다

-「무제한」 부분

「무제한」 역시 무한과 유한의 대립이 출발점이다. 여기에서 '무한'은 '무제한(요금제)'를, '유한'은 낮은/저렴한 요금제를 의미한다. 하지만 시의 후반부에서 그것은 '무한=신'과 '유한=인간'의 관계로 전이된다. 요컨대 시인은 어딜 가든 손에서 '스마트폰'이 떨어지지 않는 '수불석폰'의 시대를 비판적으로 성찰하기 위해 '무제한' 요금제에 맞서 "결핍의 겸허함"과 "허기의 그리움"을 강조하고 있다. 여기에서 중요한 것은 '무제한'이라는 사유가 '결핍'에서 비롯되는 '그리움'과 '겸허함'의 가치를 밀어낸다는 것을, '그리움'이라는 인간적 가치는 이미-항상 제한적일 수밖에 없는 인간의 유한성에서 비롯된다는 사실을 읽는 것이다. 이 시에서 이러한 성찰적 시선의 힘이 잘 드러나지 않는다면 그것은 아마도 이 시의 진술방식이 비판이 되기에는 상식적이고, 성찰이 되기에는 표피적이기 때문일 것이다. 조향미의 시어들은 '신'에 관해서 이야기할 때 관념적인 방향으로, 정치적 사건을 포함한 구체적 '현실'에 개입할 때 계몽적인 방향으로 흐르는 경향이 있다. 이 때문에 이질적인 것들의 대조는 특정한 테마와 결합할 때마다 미학적인 시련에 봉착하는데, 뒤집어 말하면 조향미의 시편들 가운데 빼어난 작품들은 욕망의 백터(vector)가 특정한 방향으로 기울어지지 않을 때 생산된다고 말할 수 있을 것이다.

바다는 잠시도 가만있지 않는다
거대한 폭풍과 해일이 밀려와
인가를 통째로 쓸어가 버리기도 했다
그리곤 천연덕스레 고요하였다
눈부시게 찬란도 하였다
대체 왜 이러는 거냐고
멱살을 흔들고 싶은 때도 있었다
그러나 바다는 아무 뜻이 없다
선하지도 악하지도 않다
새가 날아가고 나뭇잎이 흔들리듯
바다는 다만 출렁일 뿐이다
바람을 타고 햇빛에 휘감기며
넘실넘실 포효하고 일렁일렁 느긋하다
풀쩍풀쩍 물고기도 튀어 오른다
우리도 이렇게 출렁인다
기쁨도 슬픔도 파도처럼 밀려와서

환호도 통곡도 썰물처럼 멀어진다
저절로 스스로 천지는 노닌다

-「뜻 없이」전문

'자연'을 유일무이한 시적 대상으로 삼는 서정시
들의 한계는 자연 자체를 지나치게 이상적인 세계
로 형상화한다는 것이다. 이 경우 '자연'은 지금-이
곳의 복잡다단한 현실과 무관한 초월적 세계, 우리
의 눈앞에서 펼쳐지는 세속도시의 불행 따위는 비
본질적이고 무가치하다는 감각을 재생산하기 때문
에 문제적이다. 이 경우 자연적 세계는—시인의 의도
와는 무관하게, 혹은 정반대로—우리가 현실로부터
시선을 돌리게 만드는 이데올로기적 기능을 수행한
다. '문학'은 세속적인 일상에서 벗어난 곳에 존재한
다는 '순수'에 대한 믿음이 대표적이다. 반면 조향미
의 시에서 '자연'은 시인 특유의 일상적 감각과 결합
됨으로써 현실을 벗어나는 초월적 세계로 간주되지
않는다. 오히려 조향미의 시에서 '자연'은 화자의 일

상적 삶에 성찰의 계기를 제공하는, 세속적인 욕망
과 질서가 최선의 가치가 아님을 깨닫게 해주는, 그
러므로 화자가 습(習)에 지배되는 일상을 무비판적
으로 긍정할 수 없도록 만드는 이탈의 첨점(尖點)으
로 기능한다. 그런 점에서 조향미의 '자연'은 차라리
무위(無爲)에 가깝다고 말할 수 있는데, 「뜻 없이」가
그 대표적인 사례이다. 이 시에서 화자의 문제의식
을 압축하고 있는 진술은 아마 "바다는 아무 뜻이 없
다"일 것이다. '자연'은 쉼 없이 유동한다. 그것이야
말로 '자연'의 본질적인 속성일 것이다. 하지만 어떤
것을 생산하기 위해 움직이는 인간의 유위(有爲)적
행위와 달리 '자연'의 운동에는 정해진 '목적/의도'가
없다. 만일 '목적/의도'라 부를 만한 것이 있다면 '운
동' 그 자체가 '목적/의도'라고 말해야 할 것이다. '목
적/의도'가 없다는 것은 인과성이 없다는 것이고, '의
도-결과'에 비추어 판단되는 '선-악' 등의 가치판단
도 불가능하다. 그것은 "다만 출렁일 뿐이다".

고비사막에 주막 차리기가 소원이라는
소설가 이시백 선생의 몽골기행단 일정에는
아무것도 안 하기가 있다
칠팔월 염천 사막에서
아무것도 안 하기 또는 마음대로 해 보기
햇빛과 바람은 무제한이다
전날 밤 일행들은 조금 걱정했다
민가도 없고 시장도 없고
와이파이도 안 터지는데
뭘 하지 아무것도 안 하는 날
책을 돌려 읽을까 휴대폰 영화를 볼까
떼어놓고 온 줄 알았던
인생의 짐도 슬금슬금 따라붙는데

막상 다음 날 일찍부터 눈이 뜨여
떠오르는 태양에 경배 드리기
지구의 원주를 따라 슬렁슬렁 걸어보기
풀 뜯는 염소 떼와 말똥히 눈 맞추기

모래밭에 갓 돋은 풀싹 쓰다듬기

지평선 밖으로 팔을 뻗어보기

게르 천창으로 별빛 헤아리기

가만가만 내 숨소리 듣기

크고 높고 무한한 것

작고 낮고 여린 것

경외하고 경탄하기 고요와 마주하기

정녕 아무것도 안 하기

-「아무것도 안 하기」전문

'아무것도 안 하기'는 '무위(無爲)=자연'의 인간적
버전이다. 요컨대 "바다는 아무 뜻이 없다"(「뜻 없이」)
가 자연적 질서에 속한다면, "우리도 이렇게 출렁인
다"(「뜻 없이」)가 자연의 일부로서의 인간적 질서에
해당한다면, 여기에서의 "정녕 아무것도 안 하기"는
오직 인간적 질서의 맥락에서 해석되어야 할 행위
라고 말할 수 있다. 아무것도 안 한다는 것은 곧 '무
위(無爲)'를 뜻한다. 그런데 오해와 달리 무위(無爲)란

아무런 행위도 하지 않는 '반(反)-행위'의 정지 상태가 아니다. 무위(無爲)란 위(爲)가 없다는 것, 즉 '뜻', '목적', '의도' 등을 전제하지 않는다는 것이니, "과제 내에서 또는 과제 너머에서, 과제로부터 빠져나오는 것, 생산과 완성을 위해 할 일이 더 이상 없으며, 다만 우연히 차단되고 분산되며 유예에 처하게 되는 것"(장-뤽 낭시)이라는 설명처럼 과제, 생산, 완성을 전제하지 않는 행위라고 이해해야 한다. 그러므로 무위(無爲)에는 이미-항상 너무 많은 행위가 존재한다고 말하는 것이 타당하다. 인용시의 15행 이하에 기술된 모든 행위, 가령 태양을 경배하고, 지구의 원주를 따라 어슬렁거리고, 염소와 눈을 맞추고, 풀싹을 쓰다듬고, 지평선 밖으로 팔을 뻗고, 별빛을 헤아리고, 자신의 숨소리에 귀를 기울이고, "경외하고 경탄하고 고요와 마주하"는 행위가 바로 무위(無爲)이다. 무위(無爲)의 맥락에서는 "아무것도 안 하기"와 "마음대로 해 보기"는 모순관계가 아니다. 왜냐하면 우리가 자본주의적 일상에서 하는 대부분의 행위는 유위(有爲), 즉 목적을 전제한 것들이고, 그때의 목적이란 '노동'이 그러하듯이 화폐로 교환되거나 측정될 수 있는, 화폐와 교환하는 것이기 때문이다. 이처럼 유위(有爲)가 '화폐'와 '생산'을 전제한 행위일 때, 무위(無爲)는 그것들로 환원되지 않는 일체의 행위를 의미하는데, 인용시의 중반 이후에 진술되어 있는 행위들이 바로 그렇다. 그것들은 '자본'의 관점에서는 아무런 행위도 아니지만, '생명'의 관점에서는 자유로운 행위이다.

오늘 찬바람 꽝꽝한 추위에도
아낌없이 내리쬐는 겨울 볕에 취해
남향집 내 방에서 뒹굴 테다
볕살은 몸 안 실핏줄까지 타고 흐르겠지
지난 몇 달 힘껏 일했고 드디어 방학이고
중증 환자 2년차에 감기까지 겹쳤으니
이유야 충분하다

그런데 칼바람 속에서 철탑 위에 올라 있는 사람들
　　추위보다 매서운 소외와 싸우는 사람들
　　마침내 목숨의 끈조차 놓아버리는 사람들이
　　나를 콕콕 찌른다
　　너만 남향집에서 따스한 햇볕과 놀아도 좋으냐
　　소크라테스가 스스로 몽매한 자들 깨우는 등에라
했지만
　　위대한 성인 아니어도 콕콕 찔러대는 존재들이 많다
　　함께 살자는데, 무력한 나는 빈 방에서
　　등에 같은 햇살에 찔리기만 한다

-「남향집」 부분

　이 글의 첫머리에서 우리는 형식논리학적 반(反)
정립을 이용하여 '시계를 보는 사람은 행복하지 않
은 사람이다'라고 주장했었다. 그리고 이때의 '시계'
란 '행복'이라는 이름의 도취 상태의 바깥, 또는 그것
의 유한성을 의미하는 것이라고 말했다. 왜 이러한
형식논리가 필요했는가? 그것은 조향미의 많은 작

품들이 세계와의 불화가 아니라 균열을 봉합하고 상처를 치유하는 '승화'의 욕망에 의해 견인된다고 판단했기 때문이다. '승화'에의 의지는 '바깥'을 인정하지 않으려는 경향을 지니며, 이러한 긍정적 에너지로 충만한 신체는 좀처럼 자신의 외부에 반응하지 않으려는 속성을 갖고 있다. '승화'의 법칙 안에서 '외부'는 '내부', 즉 견딜 만한 것으로 바뀐다. 그런데 조향미의 시에는 이러한 '승화'의 법칙으로 설명되지 않는 외부, 내부화는커녕 지속적으로 시인의 의식을 자극하는 바깥이 존재한다. 요컨대 조향미의 몇몇 시편들에서 화자는 '시계'에 시선을 빼앗기고 있다. 단적으로 소외된 약자의 삶에 주목할 때가 그렇다. 자기 바깥에 존재하는 소외된 약자라는 이름의 '시계'가 작동을 멈추지 않는 한, 그리하여 시인의 시선과 의식이 그 '시계'의 째깍거림을 가리켜 "나를 콕콕 찌른다"라고 감각하는 한, 그것으로 인해 "세상이 아프니 나도 아프다"(「세상이 아프니」)라는 상처의 존재론에서 벗어나지 못하는 한, 조향미의 시는 결코 행복에 도취된 순간처럼 완결될 수 없다. 그것들은 "무력한 나"의 방까지 쫓아와 "함께 살자"(「남향집」) 하고, 시인은 그런 말건넴에 귀를 닫을 능력이 없다. "세상은 저기 바깥이 아니라고/여기 바로 나라고/창궐한 슬픔이 가르쳐주었다/피할 수도 외면할 수도 없었다"(「세상이 아프니」)라는 진술이 그것이다. 조향미의 시에서 이러한 '시계'는 다양한 형상으로 변주되어 등장한다. 추운 겨울날 전철역 출구에 좌판을 펼쳐놓고 "번데기처럼 옹그리고 앉은 할머니들"(「독거」), 일곱 평 원룸에 갇혀 살다가 화재를 피하지 못해 목숨을 잃은 "서른세 살 장애인 인권운동가 김주영"(「다섯 걸음」), "기계에서 태어나 한 뼘 크기 닭장에서/계란 판처럼 차곡차곡 재어져"(「라오스의 닭」) 살다가 도살당하는 양계공장의 닭들, "등에 공부를 잔뜩 지고/공부의 사막을 걷는 낙타"(「재난」)를 닮은 아이들, 그리고 '세월호'에서 희생된 수많은 "열일곱 살"(「우리 모두 열일곱 살」) 등이 그들이다. 이들 존재가 '신'과 '자연'을 아득한 허공에 위치시키려는 시인의 초월에의 욕망을 이 세속의 도시로 끌어내리고 있다. 조향미의 시는 여전히 세속과 초월의 '사이-공간'에 놓여 있다.

봄 꿈

초판 1쇄 발행 2017년 11월 15일
개정판 1쇄 발행 2023년 6월 12일

지은이 조향미
펴낸이 강수걸
기획실장 이수현
편집장 권경옥
편집 강나래 신지은 오해은 이선화 이소영 이혜정 김소원
디자인 권문경 조은비
펴낸곳 산지니
등록 2005년 2월 7일 제333-3370000251002005000001호
주소 부산시 해운대구 수영강변대로 140 BCC 613호
전화 051-504-7070 | 팩스 051-507-7543
홈페이지 www.sanzinibook.com
전자우편 sanzini@sanzinibook.com
블로그 http://sanzinibook.tistory.com

* 책값은 뒤표지에 있습니다.
* 잘못 만들어진 책은 구입처에서 교환해드립니다.